I coralli
98

Titolo originale *O Conto da Ilha Desconhecida*

© 1997 José Saramago and Editorial Caminho
By arrangement with Dr. Ray-Güde Mertin,
Literarische Agentur, Bad Homburg, Germany.

© 1998 Giulio Einaudi editore s.p.a., Torino

www.einaudi.it

ISBN 88-06-15159-2

José Saramago

Il racconto
dell'isola sconosciuta

A cura di Paolo Collo e Rita Desti

Einaudi

Le illustrazioni all'interno del volume sono tratte dall'*Atlante* di Battista Agnese («baptista agnese fecit venetüs anno domini 1553 die primo septembr.»), conservato presso il Museo Correr di Venezia.

Il racconto dell'isola sconosciuta

PARS
CRIPTOPORTICVS
ISLANDIA
MARE GRACIALE
ANBRA SPERMACETI
FAREB
FARENE
THILE INSVLA
HIC HABITAT
DNS INSVLAR
HETLANDIA
ORCADES XXXIII
REX NORVEGIE
R. DACIE

nobilis falcones
IVGORIA REGIO SILVESTRIS
PECERRA REGIO
PERMIA REGIO
suchana f.
nogorodia magna
nologda
COLMOGORA FERTILIS REGIO
MAGNVS
belosono
TAMASTIA VEL TAVESTHIA
NOGAI TARTA
palus magna
TARTARIA
neglina f.
LIVONICV MARE
moscha regia
colonna
GOTTICVM MARE
tanais flumius
TARTARIA
TRASILVANIA
PRECOPITE TARTARI
CIRCASSIA
peste
VALACHIA
TAVRI
MENGRELIA
buda regia
danubius flumius
BVRGARI
MARE PONTICVS SIVE PONTVS EVXINVS
REX
ARMENIA
DALMATIA
ALBANIA
GRAECIA
trapezonda
ITALIA
euphrates flumius
hic bayazetes a tamburlane captus et victus est
SVLEYMANSSACH IMPERATOR TVRCHARVM
aleppo
damascus
hierosolima
bethlem
MARE PVNICV
babilon nunc caiero
EGYPTVS

Un uomo andò a bussare alla porta del re e gli disse, Datemi una barca. La casa del re aveva molte altre porte, ma quella era la porta delle petizioni. Siccome il re passava tutto il tempo seduto davanti alla porta degli ossequi (degli ossequi che rivolgevano a lui, beninteso), ogni volta che sentiva qualcuno chiamare da quella delle petizioni si fingeva distratto, e solo quando il risuonare continuo del battente di bronzo diventava, piú che palese, chiassoso, togliendo la pace al vicinato (cominciavano tutti a mormorare, Ma che razza di re abbiamo noi, che non risponde), solo allora dava ordine al primo segretario di andare a informarsi su cosa mai volesse il postulante, che non c'era modo di far tacere. Il primo segretario, allora, chiamava il secondo segretario, questi chiamava il terzo, che trasmetteva l'ordine al primo assistente, che a sua volta lo trasmetteva al secondo, e cosí via fino alla donna delle pulizie, la quale, non avendo nessuno a cui comandare, socchiudeva la porta delle petizioni e domandava dalla fessura, Che cosa volete. Il postulante manifestava il proprio desiderio, e cioè chiedeva quanto aveva da chiedere, poi si piazzava in un cantuccio della porta, in attesa che la richiesta percorresse, dall'uno all'altro, il cammino inverso, fino a giungere al re. Occupato com'era sempre con gli ossequi, il re tardava a rispondere, ed era già non piccolo segno di premura per il benessere e la felicità del suo popolo quando decideva di chiedere un documentato parere scritto al primo segretario, il quale, inutile dirlo, passava l'incombenza al secondo segretario, questi al terzo, l'uno dopo l'altro, fino ad arrivare di nuovo alla donna delle pulizie, che trasmetteva un sí o un no a seconda dell'umore del momento.

Tuttavia, nel caso dell'uomo che voleva una barca, le cose non andarono proprio cosí. Quando la donna delle pulizie gli domandò dallo spiraglio della porta, Che cosa volete, l'uomo, invece di chiedere, come facevano tutti, un titolo, una decorazione, o semplicemente denaro, rispose, Voglio parlare con il re, Sapete bene che il re non può venire, è alla porta degli ossequi, rispose la donna, Allora andate a dirgli che non me ne vado finché non viene, personalmente, a informarsi su quello che voglio, concluse l'uomo, e si sdraiò sulla soglia, avvolgendosi nel mantello per via del freddo. Si poteva entrare e uscire solo passandogli sopra. Orbene, questo era un bel problema, se consideriamo che, in base alla prassi delle porte, si poteva ricevere soltanto un supplice alla volta, con il risultato che, fino a quando ci fosse stato lí qualcuno in attesa di risposta, nessun altro si sarebbe potuto avvicinare per esporre le proprie necessità o i propri desiderata. A prima vista, chi ci guadagnava con questo codicillo del regolamento era il re, in quanto, essendo meno numerosa la gente che veniva a disturbarlo con le proprie lamentele, a lui restava piú tempo, e piú calma, per ricevere, assaporare e gradire gli ossequi. A ben rifletterci, però, il re ci perdeva, e molto, perché le proteste pubbliche, dal momento che la risposta cominciava a tardare piú del giusto, facevano aumentare seriamente lo scontento sociale, il che, a sua volta, avrebbe avuto immediate e negative conseguenze sull'afflusso degli ossequi. Nel caso che stiamo raccontando, il risultato di una ponderazione fra i benefici e gli svantaggi condusse il re ad andare, in capo a tre giorni, e nella sua regal persona, alla porta delle petizioni per informarsi su ciò che voleva quell'intruso che si era rifiutato di inoltrare la richiesta per le competenti vie burocratiche. Aprite la porta, disse il re alla donna delle pulizie, e lei domandò, Tutta, o solo un poco. Il re ebbe un attimo di incertezza, dato che per la verità non gradiva molto esporsi all'aria della strada, ma poi fece una riflessione, sarebbe sembrato brutto, oltre che indegno della sua maestà, parlare con un suddito attraverso una fessura, quasi ne avesse paura, e soprattutto davanti alla donna delle pulizie che assisteva al colloquio e che si sarebbe affrettata a raccontare Dio sa che cosa, Spalancata, ordinò. L'uomo che voleva una barca si alzò dal gradino quando cominciò a sentire il rumore delle serrature, ripiegò il mantello e si mise ad aspettare. Questi segnali, che finalmente qualcuno stava venendo ad aprire e che, pertanto, il posto si sarebbe ben presto liberato, fecero avvicinare alla porta un certo numero di pretendenti alla liberalità del trono che si trovavano lí intorno, pronti ad assaltare il posto appena si fosse reso vacante. L'inopinata comparsa del re (una cosa che non era mai accaduta da quando aveva la corona in testa) provocò un'immensa sorpresa, non solo ai sudditi candidati, ma anche ai vicini che, attratti dalla repentina agitazione, si erano affacciati alle finestre delle case, dall'altro lato della strada. L'unico a non mostrarsi sorpreso fu proprio l'uomo che era venuto a chiedere una barca. Aveva calcolato costui, e aveva colto nel segno, che il re, seppure avesse tardato tre giorni, avrebbe dovuto sentirsi curioso di vedere la faccia di chi, senza batter ciglio, e con notevole audacia, l'aveva fatto chiamare. Incerto, dunque, fra la curiosità che non era riuscito a reprimere e il fastidio di vedere tanta gente riunita, il re, nel peggiore dei modi, gli rivolse tre domande una dietro l'altra, Che cosa volete, Perché non avete detto subito che cosa volevate, Pensate forse che io non abbia altro da fare, ma l'uomo rispose soltanto alla prima, Datemi una barca, disse. Lo sgomento lasciò il re a tal punto sconcertato che la donna delle pulizie si affrettò ad avvicinargli una sedia di paglia, proprio quella su cui lei stessa sedeva quando doveva lavorare con ago e filo, giacché, oltre alle pulizie, a palazzo erano di sua competenza anche alcuni lavori di cucito, come rammendare le calze dei paggi. Seduto scomodo, perché la sedia di paglia era molto più bassa del trono, il re stava cercando il modo migliore di sistemare le gambe, ora rannicchiandole ora allungandole di lato, mentre l'uomo che voleva una barca aspettava con pazienza la domanda che sarebbe seguita,

E voi, a che scopo volete una barca, si può sapere, fu quello che il re effettivamente gli domandò quando finalmente riuscí a sistemarsi, con discreta comodità, sulla sedia della donna delle pulizie, Per andare alla ricerca dell'isola sconosciuta, rispose l'uomo, Che isola sconosciuta, domandò il re con un sorriso malcelato, quasi avesse davanti a sé un matto da legare, di quelli che hanno la mania delle navigazioni, e che non è bene contrariare fin da subito, L'isola sconosciuta, ripeté l'uomo, Sciocchezze, isole sconosciute non ce ne sono piú, Chi ve l'ha detto, re, che isole sconosciute non ce ne sono piú, Sono tutte sulle carte, Sulle carte geografiche ci sono soltanto le isole conosciute, E qual è quest'isola sconosciuta di cui volete andare in cerca, Se ve lo potessi dire allora non sarebbe sconosciuta, Da chi ne avete sentito parlare, domandò il re, ora piú serio, Da nessuno, In tal caso, perché vi ostinate ad affermare che esiste, Semplicemente perché è impossibile che non esista un'isola sconosciuta, E siete venuto qui a chiedermi una barca, Sí, sono venuto qui a chiedervi una barca, E chi siete voi, perché io ve la dia, E chi siete voi, per non darmela, Sono il re di questo regno, e le barche del regno mi appartengono tutte, Piuttosto appartenete voi a loro e non loro a voi,

Che volete dire, domandò il re, inquieto, Che voi, senza le barche, non siete nulla, e che loro, senza di voi, potranno sempre navigare, Ai miei ordini, con i miei piloti e i miei marinai, Non vi chiedo né marinai né pilota, vi chiedo solo una barca, E quest'isola sconosciuta, se la troverete, sarà per me, A voi, re, interessano solo le isole conosciute, Mi interessano anche quelle sconosciute quando non lo sono piú, Forse questa non si farà conoscere, Allora non vi do la barca, Me la darete. Nell'udire queste parole, pronunciate con tanta tranquilla fermezza, gli aspiranti alla porta delle petizioni, nei quali, un minuto dopo l'altro, fin dall'inizio della conversazione, continuava ad aumentare l'impazienza, piú per liberarsene che per solidale simpatia, decisero di intervenire a favore dell'uomo che voleva la barca, cominciando a urlare, Dategli la barca, dategli la barca. Il re aprí bocca per dire alla donna delle pulizie di far venire la guardia di palazzo a ristabilire immediatamente l'ordine pubblico e imporre la disciplina, ma, in quel momento, i vicini che assistevano dalle finestre si unirono al coro con entusiasmo, urlando come gli altri, Dategli la barca, dategli la barca. Di fronte a una tanto ineludibile manifestazione della volontà popolare e preoccupato per ciò che, nel frattempo, poteva aver perduto alla porta degli ossequi, il re alzò la destra per ottenere il silenzio e disse, Vi darò una barca, ma l'equipaggio dovrete trovarlo voi, i miei marinai mi servono per le isole conosciute. Le urla di plauso del pubblico non permisero di cogliere il ringraziamento dell'uomo che era venuto a chiedere una barca, e del resto il movimento delle labbra avrebbe potuto indicare un Grazie, mio signore, come pure un Mi dovrò arrangiare, ma quello che si udí distintamente fu ciò che disse il re, Andate al molo, chiedete del capitano del porto, ditegli che vi mando io, e che vi dia la barca, gli porterete il mio biglietto. L'uomo che avrebbe avuto una barca lesse il biglietto da visita, su cui sotto il nome del re c'era scritto Re, ed ecco le parole che il sovrano aveva vergato appoggiandosi alla schiena della donna delle pulizie, Consegnate al latore della presente una barca, non è necessario che sia grande, ma che navighi bene e sia sicura, non voglio avere rimorsi di coscienza se le cose andranno male. Quando l'uomo alzò la testa, e questa volta si suppone che avrebbe ringraziato per il dono, il re si era già ritirato, c'era soltanto la donna delle pulizie, che lo guardava con una faccia di circostanza. L'uomo scese dal gradino, segno che gli altri candidati potevano finalmente

MAIORICA
SARDINIA
SICILIA
EL STRETTO DI ZIBILTERRA
INSULE FORTUNATAE NUNC CANARI
fessa real
MAURITANIA
REX FESSE
R. DE TREMISE
REX TUNIS
tunis
buzia
affrica
REX MAROCUS
AFFRICA
TROPICUS CANCRI
capo blanco
INSULE CAPITIS VIRIDI
thalubath
byntha
malachath
capo verde
capo rosso
R. GILOFFO
MATINGA
MANDIMANSA
LIBYA INTERIOR
elcastello de lamina de re de portogall
serraleona
R. SAPPI
capo de tres pontas
AETHIOPUM INCOGNITA
ELEPHANTES CANDIDI OMNES GIGNUNTUR ET RHINOCER ET TIGRIDES
R. OBENI
AEQUINOCTIALIS
AETHIOPIA INTERI
REX
TROPICUS CAPRICORNI

COLFO·DESA·COSMAN
porto malfetan
capo de la uolpe
limonia
s. stephano
isola de la piscopia
villa noua
altamita
fermi
lindo
polachia
catania
s. nicolaus
RHODVSINSVI
capo catania

avanzare, e non varrebbe neanche la pena spiegare che ci fu una confusione indescrivibile, con tutti che volevano arrivare al suo posto per primi, ma invano, perché la porta era già di nuovo chiusa. Il battente di bronzo tornò a chiamare la donna delle pulizie, ma la donna delle pulizie non c'è piú, ha fatto il giro ed è uscita con il secchio e lo spazzolone da un'altra porta, quella delle decisioni, che viene usata di rado, ma quando viene usata, lo è per davvero. Adesso sí, adesso si può comprendere il motivo della faccia di circostanza con cui la donna delle pulizie l'aveva guardato, ed era stato in quel preciso momento che aveva deciso di seguire l'uomo quando lui si fosse diretto al porto a occuparsi della barca. Aveva pensato che non ne poteva piú di quella vita a pulire e lavare palazzi, che era giunto il momento di cambiar lavoro, che lavare e pulire barche, quella sí era la sua autentica vocazione, in mare, almeno, l'acqua non le sarebbe mancata mai. L'uomo non se lo sogna neppure che, quantunque non abbia ancora cominciato a reclutare l'equipaggio, ha già dietro di sé che lo segue la futura incaricata di lavaggi e pulizie varie, proprio come del resto anche il destino suole comportarsi, è già dietro di noi, ha già allungato la mano per toccarci la spalla, e noi siamo ancora lí a mormorare, È finita, non c'è nient'altro da vedere, è tutto uguale.

Cammina cammina, l'uomo giunse al porto, si recò al molo, domandò del capitano, e mentre aspettava che arrivasse cercò di indovinare quale poteva essere, fra le tante imbarcazioni che c'erano, quella che sarebbe stata la sua, grande si sapeva già che non lo era, il biglietto da visita del re era chiarissimo su questo punto, di conseguenza si potevano escludere i piroscafi, le navi da carico e quelle da guerra, né d'altro canto poteva essere tanto piccola da non resistere alle forze del vento e alle inclemenze del mare, anche su questo punto il re era stato categorico, Che navighi bene e sia sicura, erano state queste le sue parole formali, escludendo cosí implicitamente le lance, le feluche e le scialuppe, che, pur essendo buoni natanti, e anche sicuri, a seconda della condizione di ciascuno, non erano nate per solcare gli oceani, che è dove si trovano le isole sconosciute. Un po' discosta, celandosi dietro certi bidoni, la donna delle pulizie passò in rassegna con gli occhi le imbarcazioni attraccate, Per i miei gusti, quella, pensò, ma la sua opinione non contava, e non era neppure stata ancora assunta, ma prima sentiamo che cosa dirà il capitano del porto. Il capitano arrivò, lesse il biglietto, squadrò l'uomo da capo a piedi, e gli rivolse la domanda che il re aveva dimenticato di fare, Sapete navigare, avete la patente nautica, al che l'uomo rispose, Imparerò in mare. Il capitano disse, Non ve lo consiglio perché io, che pure sono capitano, non mi avventurerei con una barca qualsiasi, Allora datemene una con cui io possa farlo, no, non una di quelle, datemi piuttosto una barca che io rispetti e che possa rispettare me, Questo è parlare da marinaio, ma voi non siete un marinaio, Se parlo come un marinaio, allora è come se lo fossi. Il capitano rilesse il biglietto del re, poi domandò, Potete dirmi il motivo per cui volete la barca, Per andare alla ricerca dell'isola sconosciuta, Isole sconosciute non ce ne sono piú, È la stessa cosa che mi ha detto il re, Quel che sa di isole l'ha imparato da me, È strano che voi, uomo di mare, mi diciate questo, che isole sconosciute non ce ne sono piú, e che io, uomo di terra, non ignori che tutte le isole, anche quelle conosciute, sono sconosciute finché non vi si sbarca, Ma voi, se ho ben capito, andate alla ricerca di una dove non sia mai sbarcato nessuno, Lo saprò quando ci arriverò, Se ci arriverete, Sí, a volte si naufraga strada facendo, ma, se mi dovesse capitare, dovreste scrivere negli annali del porto qual è stato il punto in cui sono arrivato, Volete dire che, quanto ad arrivare, si arriva sempre, Non sareste chi siete se già non lo sapeste. Il capitano del porto disse, Vi darò l'imbarcazione che fa per voi, Qual è, È una barca con una lunga esperienza, ancora del tempo in cui tutti andavano alla ricerca di isole sconosciute, Qual è, Forse ne avete già incontrata qualcuna, Quale, Quella. Appena la donna delle pulizie capí dove il capitano indicava, uscí correndo da dietro i bidoni e urlò, È la mia barca, è la mia barca, bisogna perdonarle l'insolita rivendicazione di proprietà, a tutti i titoli abusiva, semplicemente la barca era quella che le era piaciuta. Sembra una caravella, disse l'uomo, Piú o meno, ne convenne il capitano, un tempo era una caravella, poi ha subíto modifiche e adattamenti che l'hanno un po' alterata, Ma sempre una caravella è, Sí, nell'insieme ha conservato il suo vecchio aspetto, E ha alberi e vele, Quando si va a cercare isole sconosciute è la piú affidabile. La donna delle pulizie non riuscí a trattenersi, Per me, non voglio altro, Chi siete voi, domandò l'uomo, Non vi ricordate di me, Assolutamente no, Sono la donna delle pulizie, Quali pulizie, Quelle del palazzo del re, Quella che apriva la porta delle petizioni, Non ce n'erano altre, E perché non siete al palazzo del re a pulire e aprire le porte, Perché le porte che desideravo veramente sono già state aperte e perché da oggi in poi pulirò solo barche, Allora siete decisa a venire con me a cercare l'isola sconosciuta, Sono andata via dal palazzo uscendo per la porta delle decisioni, Stando cosí le cose, salite sulla caravella, vedete un po' com'è, dopo cosí tanto tempo avrà bisogno di una bella lavata, e fate attenzione ai gabbiani, che non c'è da fidarsi, Non volete venire con me a vedere dall'interno la vostra barca, Avete detto che era vostra, Scusate, è stato solo perché mi piaceva, Piacere è probabilmente il miglior modo di possedere, possedere dev'essere il peggior modo di piacere. Il capitano del porto interruppe la conversazione, Devo consegnare le chiavi al padrone della barca, all'uno o all'altro, decidetevi, per me fa lo stesso, Le barche hanno la chiave, domandò l'uomo, Per entrare no, ma dentro ci sono i depositi e le stive, e la scrivania del comandante con il diario di bordo, Si occuperà lei di tutto, io vado a reclutare l'equipaggio, disse l'uomo, e si allontanò.

La donna delle pulizie andò nell'ufficio del capitano a ritirare le chiavi, poi salí sulla barca, a quel punto due cose le furono di aiuto, lo spazzolone del palazzo e l'avvertimento contro i gabbiani, non aveva ancora finito di attraversare la passerella che collegava la murata al molo che già le maledette bestie le si precipitavano addosso stridendo, furiose, con il becco spalancato, quasi volessero divorarla. Non sapevano con chi avevano a che fare. La donna delle pulizie posò il secchio, s'infilò le chiavi in petto, puntò bene i piedi sulla passerella e, facendo vorticare la scopa come fosse uno spadone di tempi remoti, sbaragliò lo stormo assassino. Ma solo quando salí sulla barca comprese l'ira dei gabbiani, c'erano nidi dappertutto, molti abbandonati, altri ancora con le uova, e qualcuno con dei piccoli dal becco spalancato, in attesa del cibo, Ebbene sí, ma è meglio se vi trasferite, una barca che va in cerca dell'isola sconosciuta non può avere questo aspetto, sembra quasi un pollaio, disse. Buttò a mare i nidi vuoti, quanto agli altri li lasciò stare, poi vedremo. Dopo si rimboccò le maniche e si mise a lavare il ponte. Terminato quel duro compito, andò ad aprire la stiva delle vele e procedette a un esame minuzioso dello stato delle cuciture, dopo tanto tempo senza andare per mare e senza sopportare le salutari tensioni del vento. Le vele sono i muscoli delle barche, basta vedere come si gonfiano quando si sforzano, ma, e ai muscoli succede proprio questo, se non si tengono in allenamento con regolarità, cedono, si rammolliscono, perdono di tono, E le cuciture sono come il tono delle vele, pensò la donna delle pulizie, contenta di imparare tanto in fretta l'arte della marineria. Trovò alcuni orli sfilacciati, ma si limitò a prenderne nota, visto che per questo lavoro non potevano servire l'ago e il filo con cui un tempo rammendava le calze dei paggi, cioè ancora ieri. Quanto alle altre stive, vide subito che erano vuote. Che quella della polvere da sparo fosse sguarnita, salvo qualche residuo di polvere nera nel fondo, che sulle prime le parve piuttosto cacchetta di topo, non le importò nulla, in effetti non è scritto da nessuna parte, per lo meno fin dove riesce ad arrivare la sapienza di una donna delle pulizie, che andare in cerca di un'isola sconosciuta debba essere per forza un'impresa di guerra. Però l'ha infastidita, e molto, l'assoluta mancanza di munizioni per bocca nell'apposita stiva, non tanto per lei, piú che abituata al pessimo vitto del palazzo, ma per l'uomo a cui hanno dato questa barca, Fra poco tramonterà il sole, e mi comparirà davanti protestando che ha fame, è quanto dicono tutti gli uomini appena entrano in casa, come se fossero soltanto loro ad avere uno stomaco e a soffrire per il bisogno di riempirlo... E se poi si porta appresso i marinai per l'equipaggio, che sono dei veri lupi quanto a mangiare, allora non so davvero come ce la caveremo, disse la donna delle pulizie.

Non valeva la pena preoccuparsi tanto. Il sole era appena scomparso nell'oceano quando, dall'altra parte del molo, comparve l'uomo che ora aveva una barca. Teneva un fagotto in mano, ma camminava da solo e a capo chino. La donna delle pulizie andò ad aspettarlo sul pontile, e prima che potesse aprir bocca per informarsi su com'era andato il resto della giornata, lui disse, State tranquilla, ho da mangiare per tutti e due, E i marinai, domandò lei, Non è venuto nessuno, come potete vedere, Ma li avete ingaggiati, almeno, insistette lei, Mi hanno detto che di isole sconosciute non ce ne sono più e che, anche se ci fossero, non hanno nessuna intenzione di lasciare la tranquillità delle loro case e la bella vita delle navi da crociera per imbarcarsi in avventure oceaniche, alla ricerca dell'impossibile, come se fossimo ancora al tempo del mare tenebroso, E voi, che cosa gli avete risposto, Che il mare è sempre tenebroso, E non gli avete parlato dell'isola sconosciuta, Come avrei potuto parlare di un'isola sconosciuta, se non la conosco, Ma siete sicuro che esiste, Tanto quanto è tenebroso il mare, In questo momento, visto da

OCCIDENTALIS

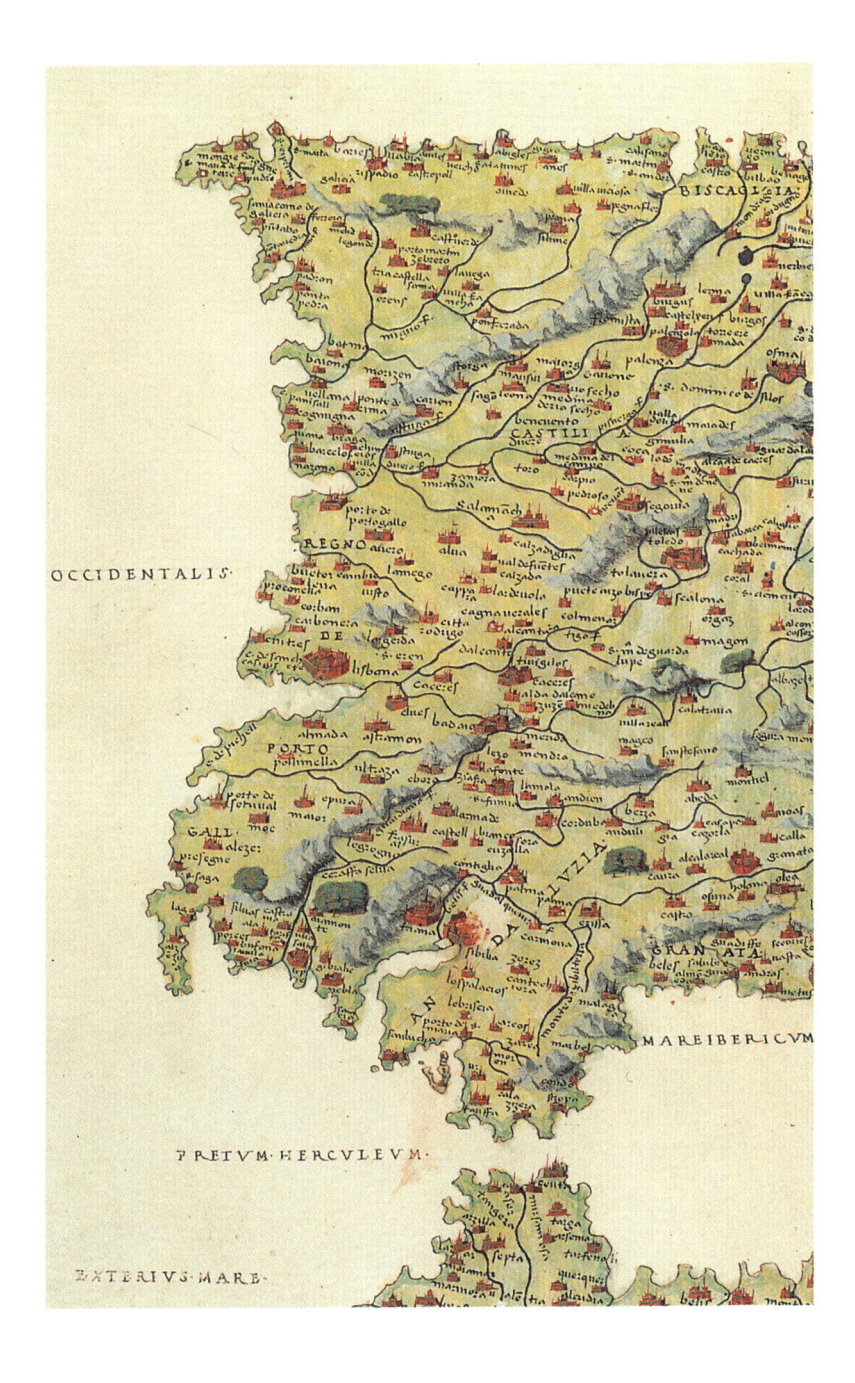

MARE IBERICUM

PRETUM HERCULEUM

EXTERIUS MARE

ERA DE BACALAOS
INSVLA SOLIS
INSVLÆ FORTVNATÆ
NVNC CANARIÆ
HISPANIA
MAVRITANIA
AFRICA
TINGITANA
LIBIA INTERIOR
TROPICVS CANCRI
INSVLE CAPITIS VIRIDIS
PERV PROVINCIA
MVNDVS NOVVS
C. DE S. AVGVSTIN
BRAZIL
COLAO PROVICIA
RIO DE LA PLATTA
STRICTVM DE MAGELLANO

qui, con quell'acqua del colore della giada e il cielo tutto infuocato, di tenebroso non ci trovo nulla, È una vostra illusione, anche le isole a volte sembra che fluttuino sopra le acque, ma non è vero, Che pensate di fare, senza equipaggio, Ancora non lo so, Potremmo restare a vivere qui, io mi offrirei di lavare le barche che entrano nel bacino, e voi, E io, Avete di sicuro un mestiere, un'attività, una professione, come si dice adesso, Ce l'ho, ce l'avevo, ce l'avrò se sarà necessario, ma voglio trovare l'isola sconosciuta, voglio sapere chi sono quando ci sarò, Non lo sapete, Se non esci da te stesso, non puoi sapere chi sei, Il filosofo del re, quando non aveva niente da fare, veniva a sedersi accanto a me, mi guardava rammendare le calze dei paggi, e a volte si metteva a ragionare, diceva che ogni uomo è un'isola, ma io, siccome la cosa non mi riguardava visto che sono una donna, non gli davo importanza, voi che ne pensate, Che bisogna allontanarsi dall'isola per vedere l'isola, e che non ci vediamo se non ci allontaniamo da noi, Se non ci allontaniamo da noi stessi, intendete dire, Non è la medesima cosa. L'incendio del cielo si andava smorzando, l'acqua all'improvviso s'imporporò, adesso neanche la donna delle pulizie avrebbe dubitato che il mare fosse davvero tenebroso, per lo meno a certe ore. Disse l'uomo, Lasciamo le filosofie al filosofo del re, che lo pagano per questo, adesso andiamo a mangiare, ma la donna non era d'accordo, Per prima cosa, dovete vedere la vostra barca, la conoscete solo da fuori, Che cosa avete trovato, Ci sono alcuni orli delle vele che hanno bisogno di un rinforzo, Siete scesa nella stiva, avete trovato acqua, Sul fondo se ne vede un po', intorno alla zavorra, ma pare che sia normale, anzi, fa bene alla barca. Come sapete queste cose, Cosí, Cosí come, Come voi, quando avete detto al capitano del porto che avreste imparato a navigare in mare, Ancora non siamo in mare, Però siamo già in acqua, Ho sempre avuto l'idea che navigando ci siano soltanto due veri maestri, uno è il mare, e l'altro è la barca, E il cielo, state dimenticando il cielo, Sí, chiaro, il cielo, I venti, Le nuvole, Il cielo, Sí, il cielo.

In meno di un quarto d'ora aveva concluso il giro dell'imbarcazione, una caravella infatti, anche se modificata, non concede grandi passeggiate. È bella, disse l'uomo, ma se non riuscirò a trovare abbastanza marinai per manovrarla, dovrò andare a dire al re che non la voglio piú, Vi perdete d'animo alla prima contrarietà, La prima contrarietà è stata di aspettare il re per tre giorni, e non ho desistito, Se non troverete marinai che vogliano venire, ci arrangeremo noi due, Siete matta, due persone da sole non sarebbero in grado di governare una barca come questa, io dovrei stare sempre al timone, e voi, non vale neanche la pena parlarne, sarebbe una follia, Poi vedremo, ma adesso andiamo a mangiare. Salirono sul castello di poppa, mentre l'uomo protestava ancora contro quella che aveva definito una follia, poi la donna delle pulizie aprí il fagotto che lui aveva portato, un pane, un pezzo di formaggio duro, di capra, olive, una bottiglia di vino. La luna era già mezzo palmo sopra il mare, le ombre del pennone e dell'albero maestro gli si proiettarono ai piedi. È veramente bella la nostra caravella, disse la donna, e subito si corresse, La vostra, la vostra caravella, Ho il sospetto che non lo sarà per molto tempo, Che voi ci navighiate o no, è vostra, ve l'ha data il re, Gliel'ho chiesta per andare a cercare un'isola sconosciuta, Ma queste cose non si fanno da un giorno all'altro, richiedono tempo, già mio nonno diceva che chi va per mare se la sbriga a terra, e per giunta non era marinaio, Senza equipaggio non potremo prendere il mare, L'avete già detto, E c'è da rifornire la barca con tutto il necessario per un viaggio come questo, che non si sa dove ci condurrà, Ovviamente, e poi dovremo aspettare che arrivi la bella stagione, e uscire con la marea buona, e che qualcuno venga al molo ad augurarci buon viaggio, Mi state prendendo in giro, Non prenderei mai in giro chi mi ha fatta uscire dalla porta delle decisioni, Scusatemi, E non la varcherò di nuovo, succeda quel che succeda. Il chiaro di luna illuminava in pieno il viso della donna delle pulizie, È bella, è veramente bella, pensò l'uomo, e questa volta non si stava riferendo alla caravella. La donna, invece, non pensò niente, doveva aver pensato tutto durante quei tre giorni, quando di tanto in tanto socchiudeva la porta per vedere se lui era ancora là fuori, in attesa. Non è avanzata nemmeno una briciola di pane o di formaggio, né una goccia di vino, i noccioli delle olive li hanno lanciati in acqua, il pavimento è pulito come lo era quando la donna delle pulizie l'ha ripassato con l'ultima strofinata. La sirena di un piroscafo che prendeva il largo lanciò un lamento potente, come dovevano essere quelli del leviatano, e la donna disse, Quando toccherà a noi faremo meno rumore. Nonostante si trovassero all'interno del bacino, l'acqua s'increspò al passaggio del piroscafo, e l'uomo disse, Ma beccheggeremo molto di piú. Risero tutti e due, poi tacquero, dopo un po' di tempo uno di loro suggerí che sarebbe stato meglio andare a dormire, Non che abbia molto sonno, e l'altro aggiunse, Neanch'io, poi tacquero di nuovo, mentre la luna continuava a salire, e a un certo punto la donna disse, Ci sono delle cabine giú di sotto, l'uomo disse, Sí, e solo allora si alzarono e scesero sottocoperta, dove la donna disse, A domani, io vado da questa parte, e l'uomo rispose, E io da quest'altra, a domani, non dissero babordo o tribordo, certamente perché erano ancora alle prime armi. La donna tornò indietro, Me n'ero dimenticata, trasse dalla tasca del grembiule due moccoli di candela, Li ho trovati mentre stavo pulendo, ma non ho fiammiferi, Ce li ho io, disse l'uomo. Lei tenne le candele, una per mano, lui accese un fiammifero e poi, riparando la fiamma sotto la cupola delle dita incurvate, l'avvicinò con la massima cautela alle vecchie candele, la luce si accese, aumentò lentamente come fa il chiaro di luna, inondò il viso della donna delle pulizie, e non ci sarebbe neppure bisogno di dire ciò che lui pensò, È bella, mentre quello che pensò lei, sí, Si vede benissimo che ha occhi soltanto per l'isola sconosciuta, ecco come le persone s'ingannano sul significato di uno sguardo, soprattutto all'inizio. Lei gli porse una candela, disse, A domani, buon riposo, lui volle dirle la stessa cosa in maniera diversa, Sogni felici, furono le parole che gli uscirono, e fra poco, quando sarà sottocoperta, sdraiato nella sua cabina, gli verranno altre frasi, piú spiritose, e soprattutto piú insinuanti, come ci si aspetta che siano quelle di un uomo quando si trova da solo con una donna. Si domandava se si fosse già addormentata, o se avesse stentato ad abbandonarsi al sonno, e poi s'immaginò che andava a cercarla e non la trovava in nessun posto, che si erano smarriti tutti e due su un'imbarcazione enorme, il sonno è un abile prestigiatore, modifica le proporzioni delle cose e le loro distanze, separa le persone, ma loro sono insieme, o le riunisce, e quasi non si vedono, la donna dorme a pochi metri e lui non saprebbe come raggiungerla, mentre sarebbe tanto facile andare da babordo a tribordo.

Le aveva augurato sogni felici, ma fu lui che passò tutta la notte a sognare. Sognò che la sua caravella procedeva in alto mare, con le tre vele triangolari gloriosamente spiegate, facendosi strada sulle onde, mentre lui manovrava la ruota del timone e l'equipaggio riposava all'ombra. Non capiva come potevano trovarsi lí quei marinai che nel porto e in città si erano rifiutati di imbarcarsi con lui per andare alla ricerca dell'isola sconosciuta, probabilmente si erano pentiti della volgare ironia con cui l'avevano trattato. Vedeva bestiole qua e là in coperta, anatre, conigli, galline, i soliti animali domestici, che beccettavano il granturco o masticavano le foglie di cavolo che un marinaio lanciava loro, non ricordava quando li aveva portati sulla barca, comunque era naturale che si trovassero lí, immaginiamo che l'isola sconosciuta sia, come lo è stata tante volte nel passato, un'isola deserta, è sempre meglio andare sul sicuro, sappiamo tutti che aprire uno sportello della conigliera e afferrare un coniglio per le orecchie è stato sempre piú facile che inseguirlo per monti e valli. Dal fondo della stiva arriva adesso un coro di nitriti di cavalli, di muggiti di buoi, di ragli d'asino, le voci dei nobili animali necessari al lavoro pesante, ma come ci sono arrivati, come possono trovarsi su una caravella dove a stento può starci l'equipaggio umano, e all'improvviso il vento girò, la vela principale sbatté e ondeggiò, e dietro c'era quello che prima non si vedeva, un gruppo di donne che, pur senza contarle, s'indovinava fossero tante quanti erano i marinai, tutte intente alle loro faccende di donne, non è ancora il momento che si occupino d'altro, è chiaro che può essere soltanto un sogno, nella vita reale non s'è mai visto un viaggio cosí. L'uomo al timone ha cercato con gli occhi la donna delle pulizie e non l'ha vista, Forse è nella cabina a prua, a riposarsi dopo aver lavato il ponte, ha pensato, ma è stato un pensiero finto, perché lo sa bene, lui, quantunque non sappia come fa a saperlo, che all'ultimo momento non è voluta venire, è balzata sul molo dicendo, Addio, addio, giacché non avete occhi che per l'isola sconosciuta io me ne vado, e non era vero, ancora adesso i suoi la stanno cercando e non la trovano. In quel momento il cielo si rannuvolò e cominciò a piovere, e, dopo la pioggia, iniziarono a germogliare le piante dagli innumerevoli sacchi di terra allineati lungo la murata, sono lí non perché si sospetti che non vi sia terra abbastanza nell'isola sconosciuta, ma perché cosí si guadagna tempo, il giorno in cui ci arriveremo dovremo soltanto trapiantare gli alberi da frutto, seminare i chicchi delle piccole messi che poi matureranno, abbellire le aiuole con i fiori che sbocceranno da queste gemme. L'uomo al timone domanda ai marinai che riposano in coperta se per caso hanno avvistato qualche isola disabitata, e loro rispondono che non hanno visto un bel niente, ma che stanno pensando di sbarcare sulla prima terra popolata che compaia loro davanti, purché vi sia un porto dove attraccare, un'osteria dove bere e un letto dove riposare,

NORVEGIA
R. DACIAE
R. SCOTIE
R. ANGLIE
FRISIA
SAXONIA
OLADA
D. CLEVANIE
BRABANT
PICARDIA
FRANSA
IMPERATOR
BRITANIA
NORMANDIA
POVTOV
LEMOSINI
PERIGVEV
GVASCONIA
LOTRINGIA
BORGONDIA
SAVOIA
DALPHINATVS
HISPANIAE PARS
REX NAVARRE

OCEANVS OCCIDENTALIS

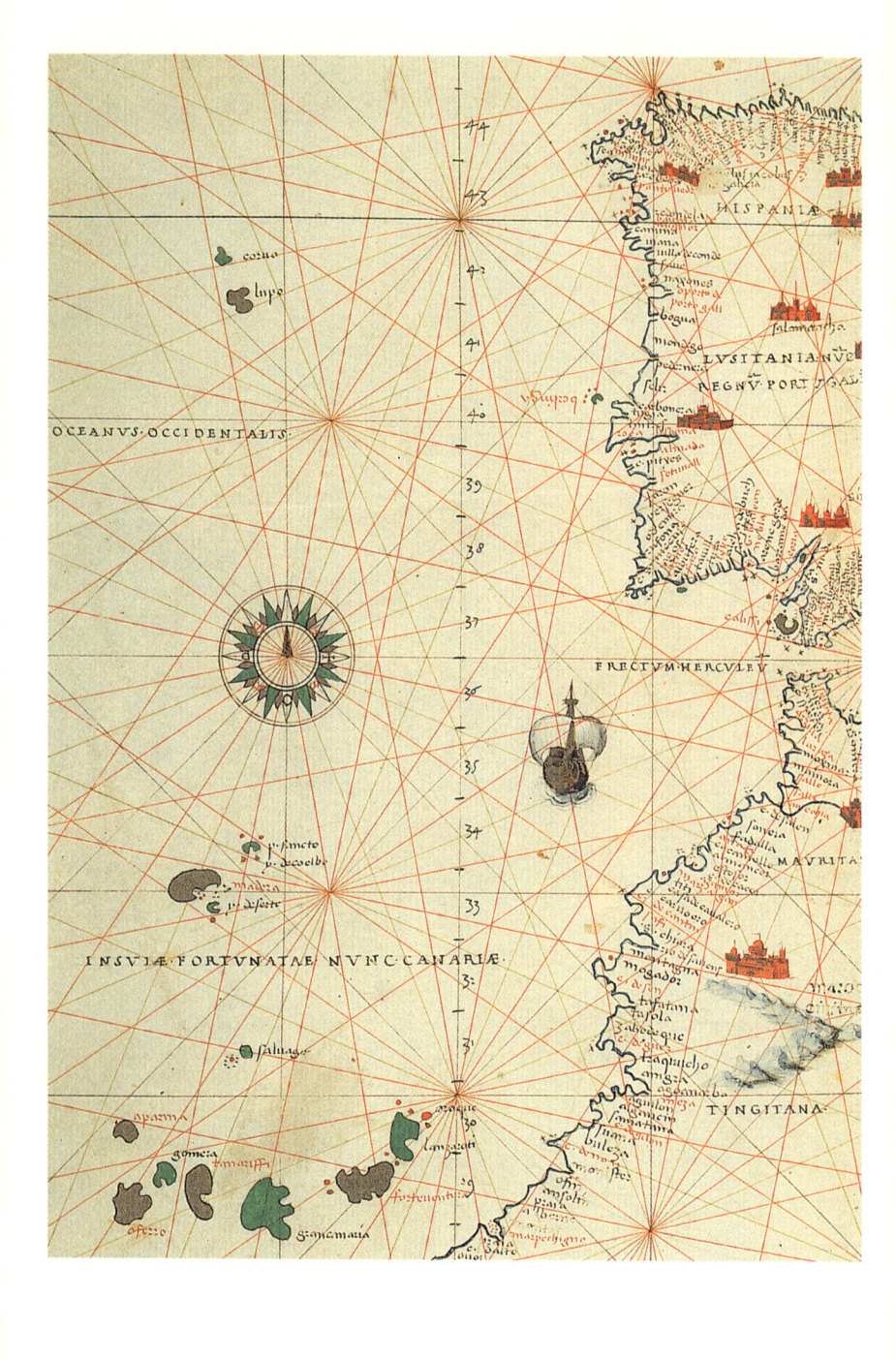

INSVLAE FORTVNATAE NVNC CANARIAE

FRECTVM HERCVLEV

HISPANIA
LVSITANIA NVNC REGNV PORTVGAL
MAVRITA
TINGITANA

perché qui non si può, con tutta questa gente ammucchiata. E l'isola sconosciuta, domandò l'uomo al timone, L'isola sconosciuta è qualcosa che non esiste, non è che un'idea della vostra mente, i geografi del re sono andati a controllare sulle carte geografiche e hanno dichiarato che isole da conoscere non ce ne sono piú da un sacco di tempo, Dovevate restare in città, invece di venire a ostacolarmi la navigazione, Eravamo in cerca di un posto migliore dove vivere e abbiamo deciso di approfittare del vostro viaggio, Non siete dei marinai, Non lo siamo mai stati, Da solo, non sarò in grado di governare la barca, Avreste dovuto pensarci prima di chiederla al re, il mare non insegna a navigare. Allora l'uomo al timone vide una terra in lontananza e volle passarci davanti, fare finta che fosse il miraggio di un'altra terra, un'immagine giunta dall'altro capo del mondo attraverso lo spazio, ma gli uomini che non erano mai stati dei marinai protestarono, dissero che volevano sbarcare proprio lí, Questa è un'isola della carta, urlarono, vi ammazzeremo se non ci porterete fin là. Allora, da sola, la caravella volse la prua in direzione della terra, entrò nel porto e andò ad accostare al molo, Potete andarvene, disse l'uomo al timone, e subito sbarcarono, prima le donne, poi gli uomini, ma non da soli, si portarono via le anatre, i conigli e le galline, si portarono via i buoi, gli asini e i cavalli, e perfino i gabbiani, uno dopo l'altro, spiccarono il volo e se ne andarono via trasportando nel becco i loro piccoli, un'impresa che non era mai stata compiuta, ma c'è pur sempre una prima volta. L'uomo al timone assistette alla grande fuga in silenzio, non fece niente per trattenere coloro che lo abbandonavano, almeno gli avevano lasciato le piante, il grano e i fiori, con i rampicanti che si avviticchiavano all'albero maestro e pendevano dalla murata come festoni. Nella confusione della partenza si erano rotti e rovesciati i sacchi di terra, sicché la coperta era diventata una specie di campo arato e seminato, ci vorrebbe soltanto un altro po' di pioggia perché sia una buona annata agricola. Da quando il viaggio verso l'isola sconosciuta è cominciato non si è ancora visto l'uomo al timone mangiare, dev'essere perché sta sognando, sta solo sognando, e se nel sogno gli venisse voglia di un pezzo di pane o di una mela, sarebbe pura invenzione, niente di piú. Le radici degli alberi stanno già penetrando nell'ossatura dell'imbarcazione, fra poco non serviranno piú queste vele issate, basterà che il vento soffi fra le cime degli alberi e porti la caravella verso la meta. È una foresta che naviga e si mantiene in equilibrio sopra le onde, una foresta dove, senza sapere come, hanno cominciato a cantare gli uccelli, dovevano essere lí nascosti e all'improvviso hanno deciso di uscire allo scoperto, forse perché le messi sono ormai mature e bisogna mieterle. L'uomo, allora, bloccò la ruota del timone e scese nel campo con la falce in mano, e fu solo dopo aver tagliato le prime spighe che vide un'ombra accanto alla propria ombra. Si svegliò abbracciato alla donna delle pulizie, mentre lei lo abbracciava, confusi i corpi, confuse le cabine, non si sa se a babordo o a tribordo. Poi, poco dopo il sorgere del sole, l'uomo e la donna andarono a dipingere sulla prua dell'imbarcazione, da un lato e dall'altro, a lettere bianche, il nome che ancora bisognava dare alla caravella. Verso mezzogiorno, con la marea, L'Isola Sconosciuta prese infine il mare, alla ricerca di se stessa.

*Stampato per conto della Casa editrice Einaudi
presso Mondadori Printing S.p.A., Stabilimento di Martellago (Venezia)*

C.L. 15159

Ristampa						Anno			
4	5	6	7	8	9	2000	2001	2002	2003

I coralli

1. Osvaldo Soriano, *L'occhio della patria* (2ª ed.).
2. Gene Gnocchi, *Stati di famiglia* (5ª ed.).
3. Mark Henshaw, *La linea di fuoco* (2ª ed.).
4. Giuseppe O. Longo, *L'acrobata*.
5. John McGahern, *Il pornografo*.
6. Álvaro Mutis, *Amirbar*.
7. Enzo Fileno Carabba, *La regola del silenzio*.
8. Robert Schneider, *Le voci del mondo* (5ª ed.).
9. Ernesto Franco, *Isolario*.
10. Stanley Elkin, *La stanza di Van Gogh ad Arles*.
11. Dario Voltolini, *Rincorse* (2ª ed.).
12. Beppe Fenoglio, *Appunti partigiani* (3ª ed.).
13. Gianni Celati, *L'Orlando innamorato raccontato in prosa*.
14. Kazuo Ishiguro, *Un artista del mondo effimero*.
15. Nuto Revelli, *Il disperso di Marburg* (3ª ed.).
16. Ian McEwan, *L'inventore di sogni* (5ª ed.).
17. Gianni Amelio, *Lamerica. Film e storia del film*.
18. James Purdy, *Cabot Wright ci riprova*.
19. Juan Carlos Onetti, *Quando ormai nulla piú importa*.
20. Graham Swift, *Per sempre*.
21. Vladimir Vojnovič, *Il colbacco*.
22. Edoardo Angelino, *L'inverno dei Mongoli* (2ª ed.).
23. Steven Millhauser, *La Principessa, il nano e la segreta del castello*.
24. Fabrizia Ramondino, *In viaggio*.
25. Natascha Wodin, *Avrò vissuto un giorno*.
26. Roberto Piumini, *La rosa di Brod*.
27. Nayantara Sahgal, *Il giorno dell'ombra*.
28. Russell Banks, *Tormenta*.
29. Marco Lodoli, *Cani e lupi* (2ª ed.).

30. Hugo Pratt, *Corto Maltese. Una ballata del mare salato* (3ª ed.).
31. Nathanael West, *Un milione tondo tondo*.
32. Giampaolo Spinato, *Pony Express*.
33. Osvaldo Soriano, *Pensare con i piedi*.
34. Peter Handke, *Canto alla durata* (2ª ed.).
35. Pier Paolo Pasolini, *Storie della città di Dio*.
36. Paul Auster, *Smoke & Blue in the Face* (2ª ed.).
37. Gene Gnocchi, *Il signor Leprotti è sensibile*.
38. Ruth Klüger, *Vivere ancora*.
39. Giuseppe Di Costanzo, *Lo sciacallo*.
40. Álvaro Mutis, *Abdul Bashur, sognatore di navi.* (2ª ed.).
41. Tiziano Scarpa, *Occhi sulla graticola* (2ª ed.).
42. Heinrich Böll, *L'angelo tacque*.
43. Francesca Mazzucato, *Hot Line*.
44. Russell Banks, *La legge di Bone*.
45. Giulio Mozzi, *La felicità terrena* (2ª ed.).
46. Aleksandr Solženicyn, *Ego*.
47. Emmanuel Carrère, *La settimana bianca*.
48. Carla Vasio, *Come la Luna dietro le nuvole*.
49. Patti Smith, *Il sogno di Rimbaud. Poesie e prose 1970-1979*.
50. Roberto Vecchioni, *Viaggi del tempo immobile* (2ª ed.).
51. Joseph Zoderer, *La notte della grande tartaruga*.
52. Jô Soares, *Un samba per Sherlock Holmes* (2ª ed.).
53. Osvaldo Soriano, *L'ora senz'ombra*.
54. Marco Lodoli, *Il vento* (2ª ed.).
55. António Lobo Antunes, *In culo al mondo* (2ª ed.).
56. Hugo Pratt, *Corto Maltese. Corte Sconta detta Arcana*.
57. Antonia S. Byatt, *Le storie di Matisse*.
58. Fabrizio De André Alessandro Gennari, *Un destino ridicolo*.
59. Bill Morris, *Motor City*.
60. Agota Kristof, *Ieri* (2ª ed.).
61. Maria Corti, *Ombre dal Fondo* (2ª ed.).
62. Fred D'Aguiar, *La memoria più lunga*.
63. Eoin McNamee, *Resurrection Man*.
64. Matteo Galiazzo, *Una particolare forma di anestesia chiamata morte*.
65. Enzo Fileno Carabba, *La foresta finale*.
66. Álvaro Mutis, *Trittico di mare e di terra*.
67. Marcel Beyer, *Pipistrelli*.
68. Martin Amis, *Il treno della notte*.
69. Nico Orengo, *Il salto dell'acciuga*.
70. John McGahern, *Moran tra le donne*.

71. Diogo Mainardi, *Il poligono della siccità*.
72. Pearl Abraham, *La ragazza che leggeva romanzi d'amore*.
73. Roberto Piumini, *Le virtú corporali*.
74. Miljenko Jergović, *I Karivan*.
75. Russell Banks, *Il dolce domani*.
76. Francesca Sanvitale, *Separazioni*.
77. António Lobo Antunes, *Le navi*.
78. Bernini, Bosonetto, Fiotti, Fubini, Galiazzo, Scarpa, Scianna, Vinci, *Anticorpi. Racconti e forme di esperienza inquieta*.
79. Ladislav Fuks, *Il signor Theodor Mundstock*.
80. Osvaldo Soriano, *Pirati, fantasmi e dinosauri*.
81. Marco Bosonetto, *Il Sottolineatore Solitario*.
82. Christophe Bataille, *Il signore del tempo*.
83. Amitav Ghosh, *Estremi orienti. Due reportage*.
84. Carla Vasio, *Laguna*.
85. Chitra Banerjee Divakaruni, *La Maga delle Spezie*.
86. Maurizio Bettini, *Con i libri*.
87. Murakami Haruki, *Dance Dance Dance*.
88. Patrick Chamoiseau, *Solibo Magnifique*.
89. Tahar Ben Jelloun, *Stelle velate. Poesie 1966-1995*.
90. Tonino Benacquista, *Saga*.
91. Martin Amis, *Altra gente. Un racconto del mistero*.
92. Maurizio Brunori, *Il Grande Eunuco e la sua flotta*.
93. Tiziano Scarpa, *Amore* ®.
94. Jean Echenoz, *Un anno*.
95. Martha McPhee, *Grand Canyon*.
96. Yoram Kaniuk, *Tigerhill*.
97. Markus Werner, *Terraferma*.
98. José Saramago, *Il racconto dell'isola sconosciuta* (3ª ed.).
99. Fabrizio Rondolino, *Secondo avviso* (2ª ed.).
100. Ethan Coen, *I cancelli dell'Eden* (2ª ed.).
101. Paul Auster, *Lulu on the Bridge*.
102. Yu Hua, *Cronache di un venditore di sangue*.
103. Maria Corti, *Catasto magico*.
104. Heinrich Böll, *Cane pallido*.
105. Matteo Galiazzo, *Cargo*.
106. Carlo Lucarelli, *L'Isola dell'Angelo Caduto* (2ª ed.).
107. Ernesto Franco, *Vite senza fine*.
108. Alan Wall, *Benedetto sia il ladro*.
109. Stuart M. Kaminsky, *Non fate arrabbiare i vampiri*.
110. Agnès Desarthe, *Un segreto senza importanza*.

111. Laura Hird, *Unghia*.
112. Laura Mancinelli, *Il principe scalzo*.
113. Álvaro Mutis, *L'ultimo scalo del tramp steamer*.
114. Antonio Faeti, *Il ventre del comunista*.
115. Jô Soares, *L'uomo che uccise Getúlio Vargas*.
116. Ermanno Cavazzoni, *Cirenaica*.
117. Paolo Crepet, *Naufragi. Tre storie di confine*.
118. António Lobo Antunes, *Il manuale degli inquisitori*.
119. Mario Rigoni Stern, *Inverni lontani*.
120. Martin Amis, *Money*.